AF355659

COLLECTION

DE

M. B. KOTSCHOUBEY

OBJETS D'ART

DU

JAPON

Paris — 1907

Collection de **M. B. KOTSCHOUBEY**

OBJETS D'ART

DU

JAPON

LAQUES, INRO, NETSUKÉ

CÉRAMIQUE

DONT LA VENTE AURA LIEU

HOTEL DROUOT, Salle N° 6

Le Lundi 4 Mars 1907

A DEUX HEURES

COMMISSAIRE-PRISEUR	EXPERT
Me F. LAIR-DUBREUIL	**M. M. BING**
6, rue Favart	10, rue Saint-Georges

EXPOSITIONS

PARTICULIÈRE : *Le Samedi 2 Mars 1907, de 1 heure 1/2 à 5 heures 1/2.*
PUBLIQUE : *Le Dimanche 3 Mars 1907, de 1 heure 1/2 à 5 heures 1/2.*

CONDITIONS DE LA VENTE

Elle sera faite au comptant.

Les adjudicataires paieront *dix pour cent* en sus des prix d'adjudication.

Les expositions mettant le public à même de se rendre compte de l'état et de la nature des objets vendus, il ne sera admis aucune réclamation, pour quelque cause que ce soit, une fois l'adjudication prononcée.

Paris. — Imp. Georges Petit, 12, rue Godot-de-Mauroi. — 17450-07.

OBJETS D'ART DU JAPON

LAQUES

1 — Boîte a parfums rectangulaire, à bord serti de plomb; semis de paulownia héraldiques en laque d'or et d'argent, sur fond nachiji. xviiᵉ siècle.

2 — Boîte haute et rectangulaire, à deux compartiments superposés. Elle est décorée de rinceaux et d'un semis de *mon* sur fond poudré. xviiiᵉ siècle.

3 — Boîte rectangulaire, en laque noir, décorée d'une branche de cerisier fleuri et d'une abeille, en relief de laques d'ors variés et toghidachi. A l'intérieur, un plateau orné d'une branche fleurie, sur fond d'aventurine. xixᵉ siècle.

INRO

4 — Inro à trois cases, en laque brun, imitant un bâton d'encre de Chine. Il est sculpté, sur la face, d'une princesse chinoise auprès d'un trépied, et, au revers, d'une inscription en caractères archaïques. Signé : *Houndo-Jikioku*.

5 — Très petit inro à quatre cases, décoré, sur nachiji pavé à fond brun, d'une branche de paulownia en laque d'or et de trois paulownia héraldiques en incrustation d'argent.

6 — Inro à quatre cases, offrant, en laque d'or et mosaïque de
burgau, la vue d'un monastère auprès d'un lac.

7 — Inro de forme lenticulaire, à deux cases, décoré, sur une
face, d'une guirlande de pivoines sur fond poudré ; le revers,
en laque noir, avec incrustation de corail et de burgau, figure
un chapeau de paysan.

8 — Inro circulaire, à deux cases, décoré, en laque d'or sur
toghidachi, d'une scène de combat entre deux guerriers montés
sur des barques. La tranche est contournée d'un motif de
rosaces.

9 — Inro à quatre cases, en laque d'or, à décor de plantes grim-
pantes, partiellement figurées en incrustation de burgau, d'argent et de corail.

10 — Inro à quatre cases, en laque noir ; semis de pièces de
monnaie en laque d'or varié burgau et laque d'argent. xviii
siècle.

11 — Inro à quatre cases, en laque tsuikokou, sculpté d'attributs
sacrés, chimère, pêche de longévité, tambourin, etc. xviii
siècle.

12 — Inro à quatre cases, en laque de Guri rouge brun, à décor
géométrique.

13 — Inro à quatre cases, en laque noir, offrant, en relief de
laque rouge, un perroquet sur un perchoir ; le revers est
sculpté d'une touffe d'orchidées. Signé : *Yocci.*

14 — Inro à quatre cases, décoré en laque d'or et d'argent sur
fond noir, d'une nombreuse troupe de chevaux en liberté,
auprès d'une rivière.

15 — Inro à cinq cases, décoré sur fond noir de trois lapins sous
des touffes de graminées, le tout en incrustation de burgau,
avec rehauts d'or.

16 — Inro, forme étui, à semis de chrysanthèmes, en laque d'or sur fond brun ; la boîte intérieure, à trois cases, est ornée de caractères chinois tracés en laque d'or, sur fond noir.

17 — Inro à quatre cases, de forme cylindrique, à décor géométrique en laque d'or sur fond noir.

18 — Inro à trois cases, décoré, en plomb et laque d'or sur fond noir, d'un couple de cerfs et d'un bouquet d'arbres abritant une lanterne de cimetière.

19 — Inro en largeur à une seule case, offrant, en toghidachi d'or et incrustation de burgau sur fond noir, la vue d'une rizière d'où s'enfuient deux passereaux, chassés par un épouvantail.

20 — Inro à cinq cases en laque noir, décoré d'un couple de pigeons sur un pin, en laque de couleurs et laque d'or ; au revers, un coucou dans une cage posée sur un plateau de laque, le tout en laque d'or et laque rouge. Signé : *Kajikawa*.

21 — Inro à trois cases, à décor de canards mandarins et de sagittaires, en relief de laque d'or et d'argent, partiellement incrusté de feuilles d'or, sur nachiji mordoré.

22 — Inro à quatre cases : insectes et graminées en laque d'or rehaussé de burgau sur fond noir.

23 — Inro à quatre cases ; il est décoré, en toghidachi d'or sur fond noir, d'un vol de passereaux, picorant des gerbes de riz suspendues à un arbre.

24 — Inro à quatre cases ; décor sur fond d'or mat, figurant un épervier pourchassant un faisan, en relief de laque d'argent, d'or et d'incrustations de burgau. Signé : *Toyomassa*.

25 — Inro à quatre cases, décoré en toghidachi d'or et de couleur sur fond noir ; deux cailles sous les graminées. Signé : *Hiçahidé*.

26 — Inro à quatre cases, en toghidachi or et rouge, décoré d'une touffe d'azalées fleuries. Signé : *Shighéhidé*.

27 — Inro à trois cases, en laque d'or et de couleur sur fond argent : hirondelles et araignée. Signé : *Toshi*.

28 — Inro à quatre cases, décoré d'un vol de papillons en laque d'or et burgau sur fond rouge.

29 — Inro à cinq cases, décoré d'un paysage montagneux, en relief de laque d'or.

30 — Inro de forme plate à trois cases, en toghidachi de couleur sur fond d'or mat ; il est décoré d'un enfant endormi auprès d'un bœuf. Signé : *Shiomi*.

31 — Inro à trois cases, décoré en relief de laque d'or et de couleur sur fond brun, d'un personnage masqué figurant Hannia auprès de la cloche.

32 — Inro à quatre cases, en laque d'or mat, à semis d'ornements géométriques en relief.

33 — Inro à sept cases, en laque poudré ; il est décoré d'un semis de chrysanthèmes et d'œillets héraldiques, le tout en relief d'or et d'argent sur un fond de nuages à rehauts de kirikané. L'intérieur en ghiobou mordoré. Signé : *Kajikawa*.

34 — Inro à trois cases, en ghiobou sur fond noir, décoré d'attributs de danse en laque d'or et de couleur.

35 — Inro à quatre cases, en laque d'or, représentant la route du Tokaïdo. Signé : *Kajikawa*.

36 — Inro à quatre cases, décoré, en relief d'or, d'une plante fleurie sur fond pailleté. Signé : *Toyo*.

37 — Inro à quatre cases, en laque noir imitant le fer, décoré d'une touffe de nénuphars, en plomb, faïence et nacre.

38 — Inro de forme annelée, à trois cases, en bois naturel laqué d'une plante fleurie et d'une tige de sagittaire.

39 — Inro à quatre cases, en laque d'or, décoré de deux pigeons en relief de laque d'or et d'argent.

40 — Inro à trois cases, décoré, en toghidachi d'or sur fond noir, d'une oie au vol et d'une touffe de roseaux. Signé : *Kanchoçaï*.

41 — Inro à quatre cases, à gaine de laque noir, décoré d'un mon sur chaque face.

42 — Inro à cinq cases, orné d'un motif de roseaux en laque d'or sur fond noir.

43 — Inro à quatre cases, décoré du tigre et du dragon dans les nuages, en incrustation de burgau sur fond noir.

44 — Inro à quatre cases, en laque noir, décoré, sur chaque face, d'un cartouche lobé, à motif de lucioles en relief d'une part, et d'une plante fleurie en laque d'or au revers. Signé : *Shomin*.

45 — Inro à quatre cases, à motif d'attributs de fête, en laque d'or, faïence et nacre sur fond noir.

46 — Inro à quatre cases, décoré d'un vol de cigognes dans les prés, en laque noir et relief de laque d'or sur fond d'or poudré.

47 — Inro à quatre cases, décoré d'un groupe de rats en relief, de laque noir sur fond d'or mat. Signé : *Ipoçaï*.

48 — Inro à cinq cases, en laque d'or à motif de chrysanthèmes dans un panier. Signé : *Shighénaga*.

49 — Inro à quatre cases, en laque d'or, décoré de plantes des champs en relief, de laque d'or et de couleur. Signé : *Shokuraçaï*.

50 — Inro à quatre cases, décoré, en toghidachi d'or sur fond noir, d'un saule pleureur et de trois hérons figurés en incrustation d'argent ciselé.

51 — INRO rectangulaire, s'ouvrant latéralement et contenant six petits tiroirs ; il est décoré, en relief de laque d'or sur fond noir, de trois manzaï à l'entrée d'une maison.

52 — INRO en largeur, à une seule case, décoré en laque d'or et de couleur, avec incrustation de burgau, sur fond noir, d'un cheval buvant dans un seau ; au revers, une gerbe de riz, un chapeau de paysan et une serpette. Signé : *Kajikawa*.

53 — INRO à deux cases, en laque tsuichu, incrusté de nacre, d'argent et de malachite : le dieu de la longévité, sur une cigogne, au milieu des prés et des cerisiers fleuris.

54 — INRO à une seule case, en laque gris avec rehauts de laque d'or mat, décoré d'une barque chargée de chrysanthèmes, près du rivage. Signé : *Taïshin*.

55 — INRO à trois cases, décoré, sur fond poudré, d'un cavalier auprès du rivage de la mer, le tout en relief de laque d'or, d'argent et de couleur.

56 — INRO à cinq cases, décoré de trois chojo, en relief de laque d'or et laque rouge sur fond d'or mat. Signé : *Kajikawa*.

57 — INRO à quatre cases ; sur l'une des faces est figuré en relief d'or un personnage endormi, dont le visage se voit en transparence derrière un écran de burgau qu'il tient à la main. Un cortège princier, apparaissant en rêve au dormeur, se déroule derrière lui, légèrement tracé en silhouettes mates sur le fond poli du laque noir. Signé : *Kōma*.

58 — INRO à quatre cases, en laque noir, décoré d'une touffe de pivoines et d'un cerisier fleuri en relief d'or, de nacre et d'ivoire teinté. Signé : *Morishighé*.

59 — INRO de forme lenticulaire, à deux cases, figurant d'un côté un chysanthème héraldique, de l'autre un caractère d'écriture, le tout modelé en fort relief d'or sur fond ghiobou.

60 — Inro à trois cases, décoré d'un iris et de trois papillons en relief d'or, d'ivoire teinté et de nacre sur fond noir pailleté. Signé : *Shikoushi*.

61 — Inro à quatre cases, en laque d'or mat décoré de deux manzaï.

62 — Inro à quatre cases, décoré d'un semis de cartouches réprésentant les animaux du Zodiaque, en laque noir, or et argent, sur fond d'or mat. Signé : *Kajikawa*.

63 — Inro à quatre cases, en nachiji mordoré, décoré, en relief de nacre, d'un aigle sur un pin. Signé : *Toyo*.

64 — Inro à quatre cases, décoré de Yébissou et de Daïkokou en laque d'or et ivoire.

65 — Inro en laque d'or et de couleur, à rehauts de nacre et de burgau, figurant l'impératrice Jingou partant pour la guerre de Corée.

NETSUKÉ
Netsuké en bois.

66 — Masque de Hannia.

67 — Cigale.

68 — Dragon et melon. Signé : *Toyomassa*.

69 — Crapaud sur une sandale. Signé : *Massanao*.

70 — Rat sur un potiron.

71 — Enfant monté sur un bœuf. Signé : *Minya*.

72 — Tortue.

73 — CHIMÈRE.

74 — GROUPE de trois chevaux. Signé : *Tomoharou*.

75 — CHAPEAU de paysan.

76 — GRELOT de temple.

77 — DHARMA. Signé : *Massatomo*.

78 — MASQUE de Ghédo.

79 — PERSONNAGE éternuant. Signé : *Urasa*.

80 — SINGE. Signé : *Massakazu*.

81 — DEUX MASQUES adossés.

82 — NOIX sculptée de la barque du bonheur.

83 — NOIX sculptée d'un paysage.

84 — COQUILLAGE aux valves entr'ouvertes, contenant une minuscule chaumière, animée de personnages.

85 — JONQUE chinoise.

Netsuké en laque.

86 — BOUTON décoré en relief de deux cailles : laque d'or.

87 — BOUTON décoré d'une tortue en relief de laque d'or. Signé : *Kajikawa*.

88 — BOUTON à motif de plantes fleuries : laque d'or sur fond noir poudré.

89 — BOUTON pentagonal sculpté d'un hibou, en fort relief d'or et de laque noir sur fond mordoré.

90 — Bouton carré à coins lobés, en laque tsuichu, sculpté d'orchidées et de pivoines.

91 — Bouton, sculpté de deux philosophes chinois ; laque tsuichu.

92 — Gourde en laque tsuichu, à décor floral.

93 — Petit socle, sculpté d'une branche de pin et d'ornements géométriques ; laque tsuichu.

94 — La Marmite féérique : laque brun mat.

95 — Bouton octogonal, décoré d'une chimère : laque noir imitant l'encre de Chine. Signé : *Koman Bounsai*.

Netsuké en ivoire.

96 — Champignon.

97 — Personnage sciant une gourde gigantesque.

98 — Rat sur un cierge.

99 — Coquillages. Signé : *Mitsuharu*.

100 — Okamé jouant avec un chien. Signé : *Massakazu*.

101 — Coq.

102 — Aubergine et colimaçon. Signé : *Shizan*

103 — Deux lapins.

104 — Masque de diable ; au revers, personnage lançant des fèves.

105 — Coquillage et tortue.

106 — Enfant couché sur un écran.

107 — BOUTON quadrilobé, sculpté de chysanthèmes. Signé : *Riyjoké*.

108 — BOUTON, forme rognon, sculpté d'un chrysanthème sur fond géométrique. Signé : *Fuji Massaharu*.

109 — BOUTON ovale, incrusté de fruits et de légumes en corne et ivoire teinté.

110 — BOUTON, gravé sur les deux faces d'une carte du Japon.

111 — TROIS COQUILLAGES, l'un d'eux, aux valves entr'ouvertes, sculpté à l'intérieur d'un paysage montagneux.

112 — DAÏKOKOU.

113 — SINGE.

114 — PERSONNAGE assis à côté d'une caisse.

115 — DEUX BOUTONS sculptés d'un Tengou et d'une princesse. Signés : *Kouan-ho* et *Itsuko*.

Netsuké boutons

116 — CHAKOUDO incrusté de paulownia en or et décoré, au centre, d'un bouton de corail. Monture en bois.

117 — BOIS brun, incrusté d'un coq en chakoudo.

118 — PLAQUETTE chibuitchi, incrustée d'un insecte en or et chakoudo.

119 — PLAQUETTE argent, gravée d'une divinité dans les nuages ; monture ivoire. Signé : *Min-koku*.

120 — PLAQUETTE chibuitchi, incrustée de trois danseurs, en chakoudo et or ; monture ivoire.

121 — PLAQUETTE chibuitchi, ciselée et incrustée, en métaux divers, d'un faisan sous un cerisier fleuri ; monture ivoire.

122 — Même sujet : monture bois.

123 — Fer ciselé à l'imitation d'un morceau de bois veiné, et incrusté d'une araignée près de sa toile, en relief d'argent et fils d'or. Signé : *Yoshi-hiro*.

Netsuké divers.

124 — Netsuké en faïence blanche : coquillage.

125 — Netsuké en poterie à couverte noire et brune : Kappa montant sur un coquillage.

126 — Netsuké en corne : ronde de quatre crapauds.

Coulants

127 — Bœuf accroupi ; ivoire.

128 — Groupe de deux singes : ivoire.

129 — Collection de soixante coulants en ivoire, bronze ciselé, cloisonné, verre et pierre dure.

Ce numéro sera divisé.

CÉRAMIQUE

130 — Tchaïré en poterie de Séto, à couverte brune tachetée.

131 — Coupe genre Oribé, en forme de losange, émail vert tacheté de rouge et de noir.

132 — Coupe circulaire, en poterie de Yatsouchiro, décorée d'un dragon et d'une frise de grecques en incrustation d'émail blanc sur fond gris.

133 — Petit plat hexagonal en porcelaine de Hirado, décoré de fleurettes en bleu et blanc.

134 — Coupe en porcelaine de Hirado, à décor floral en émaux bleus, rouges et verts.

135 — Petit plat en porcelaine d'Arita : décor genre Kakiyémon, à motif de fleurs et d'oiseau.

136 — Petit plat en porcelaine d'Arita, à motif de dragons et de plantes en émaux de couleurs et or.

137 — Plat en porcelaine de Koutani, décoré d'un nid de cigognes en émaux de couleurs sur fond jaune.

138 — Trois petites coupes en porcelaine de Koutani, à décors variés.

139 — Dix-sept coupes et plats de fabrications variées.